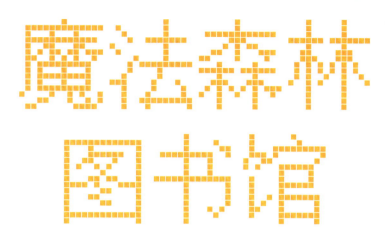

魔法森林图书馆

【韩】崔智惠　金成恩 / 著

【韩】金有珍 / 绘　许红敬 / 译

CHISO 新疆青少年出版社

风吹过森林。

风呼呼地吹过森林，低声讲着故事。
它一会儿挠挠松叶的痒痒，一会儿轻轻抚摸着橡子。

风讲着讲着故事，森林里就长出了一本本书。
"哇，好神奇，这里是森林图书馆吗？"
安娜睁大了圆圆的眼睛。

哗！哗！松果书里会有什么故事呢？

哗！哗！橡子书中会有谁出现呢？

"啊！还有我喜欢的山莓呢！这本书一定很有趣吧？"
安娜拿起了红彤彤的山莓书。

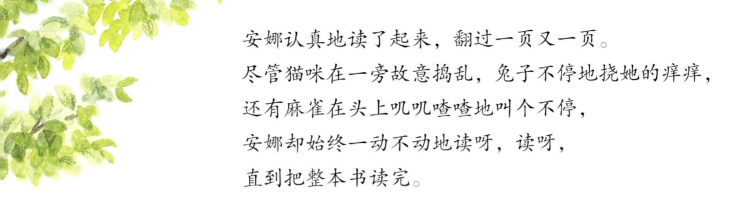

安娜认真地读了起来，翻过一页又一页。
尽管猫咪在一旁故意捣乱，兔子不停地挠她的痒痒，
还有麻雀在头上叽叽喳喳地叫个不停，
安娜却始终一动不动地读呀，读呀，
直到把整本书读完。

安娜合上书，又忍不住翻到第一页。

"你要再读一遍呀？这本书真那么有趣吗？"

松鼠左瞧瞧，右看看，最后选了一本橡子书。

他睁着亮晶晶的小眼睛，读了起来。

"我也要读一本！"

兔子歪着脑袋，选了一本三叶草书，

鼻子一抽一抽的，专心读了起来。

麻雀也扑棱棱地飞到松果书上，读了起来。

"森林里怎么这样安静呢？"
鼹鼠悄悄地探出头来。
"咦，你们都呆呆地坐着，在干什么呀？"
棕熊晃晃悠悠地走过来。
小鹿和浣熊也都好奇地张望着。
他们一起来到了森林图书馆……

扑通一声！小伙伴们全都掉进了书中。
不一会儿，里面传来扑哧扑哧的笑声，
还有啪嗒啪嗒落泪的声音，
有人鼓起满满的勇气，
有人做起了奇妙的梦。

啊哈！大家在书中满足了对世界的好奇心，
学到了很多新的知识，
也渐渐理解了别人和自己不一样的想法。

展开想象的翅膀，
想去哪里就去哪里。
去冰雪覆盖的国度，
去闪闪发光的热带海洋，
去熊熊燃烧的火山，
让我们一起去冒险啦！

你可以拥有各种各样的梦想，比如——
坐着汽车飞向天空啦！
在云朵里钓星星啦！

不知不觉，
天空被染红了，
浓密的树影低垂。
是时候合上书了。

图书馆要关门了。

风又吹过森林。
呼——呼——
整个夜晚，林海翻腾。

第二天早上，
安娜来到图书馆，
不禁大吃一惊，
嘴巴张得大大的。
"哇！"

这里就是魔法森林图书馆！
里面有数不清的梦想，
有许多神奇的故事，
还有很多新朋友……
在这里，
你可以遇见全世界。

风又吹过沙滩。

图书在版编目 (CIP) 数据

魔法森林图书馆 /（韩）崔智惠,（韩）金成恩著 ;（韩）金有珍绘 ; 许红敬译 . -- 乌鲁木齐 : 新疆青少年出版社 , 2022.7（2023.9 重印）
ISBN 978-7-5590-8597-9

Ⅰ.①魔… Ⅱ.①崔… ②金… ③金… ④许… Ⅲ.①儿童故事－图画故事－韩国－现代 Ⅳ.
① I312.685

中国版本图书馆 CIP 数据核字 (2022) 第 086282 号

版权登记 : 图字 29-2022-005 号

魔法森林图书馆
MOFA SENLIN TUSHUGUAN

【韩】崔智惠　金成恩 / 著　【韩】金有珍 / 绘　许红敬 / 译

出 版 人 : 徐 江　　　　　　　策　划 : 许国萍
责任编辑 : 尚志慧　　　　　　美术编辑 : 张春艳
法律顾问 : 王冠华　18699089007

新疆青少年出版社有限公司
（地址 : 乌鲁木齐市北京北路 29 号　邮编 : 830012 ）
http://www.qingshao.net

印制 : 北京博海升彩色印刷有限公司　　经销 : 全国新华书店
版次 : 2022 年 7 月第 1 版　　　　　　印次 : 2023 年 9 月第 2 次印刷
开本 : 889mm×1194mm 1/12　　　　印张 : 3.33
字数 : 1 千字　　　　　　　　　　　印数 : 5 001-8 000 册
书号 : ISBN 978-7-5590-8597-9　　　定价 : 46.00 元

制售盗版必究 举报查实奖励 : 0991-6239216　　版权保护办公室举报电话 : 0991-6239216
销售热线 : 010-58235012 010-84853493　　如有印刷装订质量问题 印刷厂负责调换